GOLEADOR
ANSU FATI
LA PRIMERA FINAL

GUION
DAVID DOMÍNGUEZ

ILUSTRACIONES
PABLO BALLESTEROS

Papel certificado por el Forest Stewardship Council®

Primera edición: abril de 2022
Primera reimpresión: febrero de 2023

© 2022, Ansu Fati
© 2022, David Domínguez Domínguez, por la edición
© 2022, Penguin Random House Grupo Editorial, S. A. U.
Travessera de Gràcia, 47-49. 08021 Barcelona
© 2022, Pablo Ballesteros, por las ilustraciones

Penguin Random House Grupo Editorial apoya la protección del *copyright*.
El *copyright* estimula la creatividad, defiende la diversidad en el ámbito de las ideas y el conocimiento,
promueve la libre expresión y favorece una cultura viva. Gracias por comprar una edición autorizada
de este libro y por respetar las leyes del *copyright* al no reproducir, escanear ni distribuir ninguna
parte de esta obra por ningún medio sin permiso. Al hacerlo está respaldando a los autores
y permitiendo que PRHGE continúe publicando libros para todos los lectores.
Diríjase a CEDRO (Centro Español de Derechos Reprográficos, http://www.cedro.org)
si necesita fotocopiar o escanear algún fragmento de esta obra.

Printed in Spain – Impreso en España

ISBN: 978-84-488-6036-3
Depósito legal: B-2.697-2022

Diseño y maquetación: LimboStudio
Impreso en Limpergraf, S. L.
Barberà del Vallès (Barcelona)

BE 6036 B

PERSONAJES 4

INTRODUCCIÓN 7

1. LAS ESCALERAS MECÁNICAS 10

2. EL PABELLÓN 18

3. PAPÁ 30

4. PELOTEROS 38

5. EMEL 47

6. EL PRIMER PARTIDO 54

7. EN VILLANUEVA 62

8. LA TARDE ANTES DEL PARTIDO 70

9. LA PRIMERA GRAN FINAL 78

EPÍLOGO 91

ANSU FATI

Lo que más le gusta es jugar al fútbol y con un balón en los pies hace maravillas. Está siempre de buen humor y es muy cabezón. Gracias a su esfuerzo, consigue todo lo que se propone.

LA FAMILIA

Es lo más importante para Ansu: sus padres, Lurdes y Bori, a los que quiere muchísimo; su hermano Braima, compañero de aventuras futbolísticas (juntos son imparables y todo el mundo los conoce como «los Fati»), y sus hermanas Djucu y Djeny, que siempre están ahí para ayudarle y apoyarle.

LOS MEJORES AMIGOS

Carlos, el portero titular; Tai, el mejor defensa, y Marta, la centrocampista. Juegan en el mismo equipo y también van al mismo colegio. Son los primeros amigos que hace Ansu al llegar a España y se convertirán en sus mejores amigos para siempre.

EMEL

Viene de Finlandia. Es alto, fuerte, ágil y muy rápido. El mejor jugador del equipo rival. ¡Un crac jugando al fútbol y todo un reto para Ansu!

INTRODUCCIÓN

Tere y Chaima esperan, medio escondidas, detrás de un pino algo rechoncho. Aunque hace poco que ha salido el sol, aún hace frío, y todavía más en ese bosque tan húmedo.

—**¿Viene ya?** —pregunta Tere, que se frota las manos para calentarlas—. Llevamos un montón de rato esperando.

—Aún no, pesada —responde Chaima, que ha vuelto a sacar la cabeza para observar el camino—. Enseguida llega, ya verás.

—Si tarda mucho más, no dará tiempo a que nos cuente nada. —Tere mira la hora en el móvil—. A las nueve tenemos clase.

—**¡Calla, calla, ya está aquí!** —exclama Chaima entusiasmada—. Vamos, vamos, ¡que no se nos escape!

Ansu Fati, el joven jugador del F. C. Barcelona, corre a ritmo suave por el camino del bosque. En sus auriculares suena Ozuna. Se sorprende cuando las dos chicas salen corriendo de entre los árboles y se ponen a su lado. Intentan parecer tranquilas, como si ellas también estuvieran tan solo haciendo ejercicio, pero se nota que están muy nerviosas.

—**Hola, chicas** —dice Ansu con una sonrisa mientras se quita los auriculares—. Hace un buen día para correr, ¿verdad?

Tere y Chaima se miran, se ríen y siguen corriendo un buen rato junto a él sin atreverse a decir nada.

—**Eres... Eres Ansu... Ansu Fati, ¿verdad?** ¿El del Barça? —se lanza Tere, casi tropezando con las palabras.

—Sí, claro, ¿por qué? —pregunta Ansu, que está muy intrigado por la aparición de las dos chicas—. ¿Me estabais buscando?

Ante el comentario del futbolista, Tere tiene un ataque de vergüenza total y clava la mirada en el suelo, pero Chaima toma el relevo.

—Sí, bueno, es que nos habían dicho que corrías por esta zona —reconoce Chaima—, y queríamos hacerte una pregunta. Bueno, si no te importa...

—**Preguntad, preguntad** —responde Ansu, que parece muy divertido por la situación.

—Pues verás. —Chaima se pone muy seria—. Queríamos saber cómo fue el día que jugaste por primera vez en el primer equipo, pero cómo fue por dentro, ¿sabes? Cómo te sentiste y todo eso... ¿Te pusiste supercontento de repente o pensaste: **«Vaya, cuánta responsabilidad»**?

Ansu se queda en silencio unos instantes. Está claro que no esperaba una pregunta de ese tipo.

—Vaya pregunta, ¿no? —responde Ansu—. Es complicado. Lo que quiero decir es que, si os cuento solo lo que pasó ese día, no vais a entender mucho. **Tendría que comenzar desde mucho antes para contarlo bien.**

—Claro. Tú empieza desde cuando quieras —dice Tere, que ya está más tranquila—. Aún tenemos algo de tiempo hasta la primera hora de clase.

Ansu mira a las dos chicas. Aunque no han dejado de correr, le observan con muchísima atención, esperando el inicio de la historia.

—De acuerdo. Como queráis. Todo empezó en el aeropuerto de Sevilla. **Yo tenía seis años...**

CAPÍTULO 1
LAS ESCALERAS MECÁNICAS

Todo empezó en el aeropuerto de Sevilla. Yo tenía seis años y era la primera vez en toda mi vida que había cogido un avión. Mi familia y yo veníamos de Guinea-Bisáu, un país de la costa africana del que ha oído hablar muy poca gente.

Llegué con **mi madre, Lurdes**, que me llevaba cogido de la mano muy fuerte, mi **hermano Braima** y mis **dos hermanas, Djucu y Djeny**.
—Me parece que nos hemos perdido —dijo mi madre, intentando interpretar los carteles—. Pero diría que es por aquí.

—Bueno, tampoco es que haya tanta prisa —respondió Djucu, mi hermana mayor, que estaba hipnotizada por todas las tiendas del aeropuerto—. Podemos mirar esa tienda de ahí o aquella... o **¡¡¡esa!!! ¡Qué cosas tan chulas!**

Logramos sacar a Djucu de la zona de tiendas y encontrar la puerta de salida poco después. Yo tiraba del brazo de mi madre con todas mis fuerzas: sabía que mi padre nos esperaba al otro lado de aquellas puertas automáticas.

—Ansu, tú solo has visto a tu padre en foto y en videollamadas —dijo mi madre, que se había puesto en cuclillas con su cara de **«esto es muy serio, Ansu»**—. Si no lo reconoces al verlo, no te preocupes, es normal.

Que no iba a reconocerlo; mi madre no sabía lo que decía. Yo llevaba un montón de tiempo esperando aquel momento. No tenía ninguna duda de que lo iba a reconocer y lo iba a abrazar con todas mis fuerzas. Las puertas se abrieron y logré escapar de la mano de mi madre.

Al otro lado había muchísima más gente de la que esperaba. Si tenía que mirar cada cara para encontrar a mi padre, iba a tardar toda una vida. Esperaba escuchar mi nombre, pero había muchísimo jaleo. **Estaba a punto de echarme**

a llorar cuando, de repente, tuve una corazonada y dirigí mi mirada hacia un punto al azar.

Y allí estaba él. Tenía una sonrisa enorme y le caían unos lagrimones tan grandes que debían de hacer hasta ruido al chocar contra el suelo. Fui hacia él y, un segundo después, ya estaba en sus brazos. **Sí, le abracé con todas mis fuerzas.** Y él a mí también. Creo que ha sido el momento de mi vida en el que he estado más cerca de morir aplastado por el abrazo de un oso.

Luego, ya os imaginaréis: más abrazos, muchas más lágrimas. Un reencuentro lleno de amor, como pasa siempre en los aeropuertos. Cuando logramos ponernos en marcha, yo solo quería ir cogido de la mano de mi padre, por supuesto. Pero me duró poco. A pocos metros de mí tenía la máquina más maravillosa que había visto nunca y, como no podía esperar a probarla, salí corriendo hacia ella.

—¡**Son unas escaleras que suben solas!** —exclamé, loco de entusiasmo.

Sí, es lo que pensáis: yo nunca había visto unas escaleras mecánicas. En Bisáu no había. Me paré un instante frente al mecanismo del que salían los escalones y reconozco que tuve algo de miedo. Pero, por muy asustado que estuviera, iba a probar aquel **invento genial**. Había una escalera de subida y otra de bajada, así que me dediqué a subir y bajar sin parar, como si fuera un parque de atracciones en miniatura.

Curiosamente, nadie de mi familia fue a detenerme. Me miraban y se reían. Era genial, yo me lo estaba pasando pipa y a ellos les parecía muy divertido. **Todos estábamos contentos.** Por supuesto, cuando tienes seis años esas cosas no duran mucho.

—¡**Ansu! ¡Baja! ¡Tenemos que irnos!** —gritó

mi madre con el tono de «Ansu, hazme caso o ya verás tú».

Por alguna razón que ahora no recuerdo, decidí no hacerle caso. Si querían que bajara de la atracción más molona del mundo, iban a tener que ir a buscarme. Mi madre intentó hacerlo, pero con seis años yo ya era mucho más rápido que ella. Braima era el único que lo podía intentar, pero le iba a costar medio aeropuerto hacerlo.

—**¡¡¡ANSSUMANE!!! ¡Ven aquí ahora mismo!**

—gritó mi madre, utilizando mi nombre completo.

Todo el mundo sabe que eso no es buena señal. Pero decidí dar una última vuelta. O una penúltima.

Vi cuchichear a mi madre y a mi hermano. ¿Qué estarían diciendo?

—Oye, pues mientras el enano está en las escaleras, yo me acerco a la tienda de fútbol, ¿vale? —dijo Braima casi a voz en grito mientras salía corriendo.

A ver, ya lo sé, era un truco para hacerme bajar. Pero en aquel momento me importó muy poco.

—¿Tienda de fútbol? ¿Has dicho tienda de fútbol? —grité.

Decidí que era un buen momento para aprender a bajar escaleras mecánicas en sentido contrario. Casi me doy un porrazo de campeonato en el primer escalón, pero poco después ya corría casi al lado de mi hermano. La tienda era increíble. Había camisetas de equipos totalmente desconocidos, y también botas y material deportivo de todo tipo... y balones.

Nunca había visto tantos balones de los de verdad juntos en mi vida.

CAPÍTULO 2
EL PABELLÓN

En la tienda de fútbol, la cosa se complicó aún más. Yo sabía perfectamente que teníamos que ir a Herrera, a nuestra nueva casa, y que no nos podíamos quedar todo el día allí. Pero tenéis que entenderlo, jamás en mi vida había visto tantas cosas tan chulas juntas. Estaban las camisetas, las botas, montones de pósteres de jugadores y, por supuesto, los balones. Y los balones podías cogerlos. Y si podías cogerlos, también podías jugar al fútbol con ellos.

—**A ver, chavales** —nos dijo un señor con corbata, pelo engominado y cara de haberse comido un saco de limones—. Que una cosa es probarlos y otra muy distinta es **montarse un partido aquí en la tienda**.

Exageraba un poco. Pero solo un poco. Mi hermano había empezado a dar unos toques y luego me había pasado a mí el balón para que hiciera lo mismo. Y yo se lo había devuelto a él, y él a mí, y yo a él, y segundos después nos estábamos pasando el balón de punta a punta de la tienda con todo tipo de acrobacias.

—¡**Si toca el suelo, perdemos!** —dijo mi hermano.

—¿A que no eres capaz de pasarlo por encima de los maniquís sin tocarlos? —respondí.

—¡**Aaansu! ¡Braaaima! ¿Qué estáis haciendo?** —gritó nuestro padre, recordándonos que montar partidos de fútbol dentro de las tiendas quizá no sea algo muy normal.

Después de una larga negociación, en la que amenacé con mis mejores caras de puchero varias veces, nuestros padres consiguieron que aceptáramos irnos de la tienda sin rechistar. Nosotros, a cambio, conseguimos un balón de reglamento del Barça. ¡**Nuestro primer balón de reglamento!** Tengo que reconocer que, en aquel momento, me daba un poco igual que fuera del Barça. Yo venía de Bisáu, donde la liga que seguíamos era la portuguesa.

Además, a mí no me gustaba ver el fútbol. A mí lo que me gustaba era jugar. Quién me iba a decir que los colores de aquel balón, de nuestro primer balón oficial, serían los del club que iba a convertirse en el más importante de mi vida.

¡Qué suerte que teníamos aquel balón!

Nos salvó del aburrimiento en aquellos primeros días en Herrera. Era invierno, hacía muchísimo frío y no conocíamos a nadie. Además, hasta que no nos pudieron matricular en el colegio, poca cosa podíamos hacer. Pero teníamos el balón y podíamos salir a jugar con él. Al principio éramos solo Braima y yo, pero pronto hicimos algunos amigos del

barrio con los que jugar en un parque que había justo enfrente de casa.

En Herrera también estaban **nuestros primos, Zacarías, Ensa y Ka**, que habían llegado algunos años antes desde Bisáu. El problema era que, como tenían la misma edad que Braima, no les acababa de hacer mucha gracia que yo fuera con ellos.

—Ansu, vete con mamá y Djucu, que yo me voy con los primos —me decía Braima.

—**No, no puedes venir con nosotros** —me decía Ensa.

—Que no, que eres demasiado pequeño. Nosotros hacemos cosas de mayores —me decía Zacarías.

¡Vaya rollazo! Yo en aquellos primeros días no conocía apenas a otros niños y no me gustaba nada jugar solo. Además, pronto descubrí que las «cosas de mayores» que hacían consistían en ir a un polideportivo a las afueras de Herrera para jugar «algunos partidillos».

¡Ja! Pues lo tenían claro si pensaban que yo me iba a quedar aburriéndome en casa mientras ellos se iban a jugar al fútbol.

A la tarde siguiente, en cuanto mis primos pasaron por casa para recoger a Braima, esperé un par de minutos y **salí tras ellos**. Al principio parecía bastante sencillo. Los tres caminaban distraídos, hablando y riéndose de sus cosas, sin prestar demasiada atención a lo que sucedía a su alrededor. Iban por una calle con bastante gente y con coches aparcados a uno y otro lado. Esconderme era bastante fácil.

 Pero pronto la cosa se complicó. Se metieron por un camino de tierra que bordea el polideportivo. Por allí no pasaba nadie. Y a los lados del camino tan solo había una interminable pared de ladrillo y unos pocos árboles dispersos. Luego todo eran huertos y campo abierto. Muy pocos sitios donde esconderse.

Además, empezaba a hacerse de noche, y, aunque eso me iba genial para que no me vieran, la verdad es que no estaba nada acostumbrado a ir solo y a oscuras. **Recordad que solo tenía seis años.**

De repente, tras doblar la esquina donde se acababa la pared de ladrillos, me di cuenta de que mi hermano y mis primos habían desaparecido. No sabía qué hacer. No los veía por ninguna parte y empecé a asustarme.

Pero lo peor estaba por llegar. De golpe, unas misteriosas sombras se abalanzaron sobre mí.

—**¡Te pillamos, Ansu!** —dijo mi primo Zacarías entre risas.

—¡Ves como el que nos seguía era él! —dijo Braima mientras me cogía por los hombros para que no saliera corriendo—. ¿Adónde te creías que ibas, renacuajo? **¡Eres demasiado pequeño para ir solo por la calle!**

—Pero es que en realidad no iba solo —repliqué—, sino que iba con vosotros. ¡Lo único que pasa es que vosotros no lo sabíais!

Al contrario de lo que imaginaba, aquella frase tan ingeniosa y divertida no les hizo ninguna gracia. De hecho, les hizo enfadar aún más.

—**¡Ansu! ¡Ahora mismo te vas para casa!** O haces lo que te digo —me dijo Braima con su voz de persona mayor—, o les cuento a mamá y papá que has salido de casa solo y de noche.

No me quedaba más opción que volver a casa. Si mis padres se enteraban de lo que había hecho, iba a estar castigado hasta que me salieran canas en la barba, como decía siempre mi madre. Así que di la vuelta y comencé a desandar el camino.

Pero, en cuanto mi hermano y mis primos desaparecieron, me detuve. Era superior a mis fuerzas. Me encantaba el fútbol y por eso aquel pabellón, de tanto pensar en jugar en él, se había convertido en un lugar mágico y maravilloso para mí. Me puse a seguirlos otra vez. **Yo aquella tarde iba a jugar al fútbol sí o sí.**

Llegué un par de minutos después que ellos. Era un edificio enorme y había un montón de gente entrando y saliendo sin parar. Muchos de ellos eran niños como yo, así que, por suerte, el hecho de que solo tuviera seis años no llamaba demasiado la atención. Braima y mis primos estaban bajando las gradas. Se dirigían a uno de los muchos campos de juego en que se dividía el polideportivo. **Yo me quedé arriba de todo, oculto tras una columna.** Se veía mal y poco, pero al menos a mí no se me veía, que era lo importante. No tenía ni idea de cuándo me iba a salir barba y mucho menos de cuándo se me iba a poner blanca, pero parecía que faltaba mucho tiempo, la verdad.

Mis primos y Braima se sentaron junto a la cancha. Al parecer, había que hacer cola. Cuando te tocaba jugar, si ganabas te quedabas al siguiente partido, pero si perdías tenías que volver a hacer cola y esperar tu turno otra vez. En cuanto el equipo de Braima entró en el campo, no pude evitar bajar varias gradas para verlo mejor. Me puse detrás de un gran grupo de chicos que comían pipas. No era tan buen escondite como la columna, pero tendría que valer.

Creo que no me di cuenta de lo bien que jugaban mi hermano y mis primos hasta aquel día.

¡No había quien los sacara de la pista!

Jugaban un partidillo tras otro y todos los ganaban de calle: gambeteaban mejor que los demás, hacían pases rápidos y espectaculares

y marcaban goles como churros. **Era un verdadero espectáculo.** Yo me lo estaba pasando genial hasta que, en el séptimo u octavo partidillo que jugaban, uno de los rivales entró mal a Ensa con tan mala pata que le lesionó el tobillo.

Desde la distancia, vi que Braima y los demás hacían un corrillo y discutían sobre algo que parecía importante. Hacían gestos y señalaban... **¿Señalaban hacia el sitio donde yo estaba escondido?** Unos instantes después, Braima comenzó a subir las gradas con decisión. Yo no sabía dónde meterme, era imposible salir de mi escondite sin que me viera.

—**¡Ansu!** —gritó mi hermano—. Ven, anda, que ya sé que estás ahí.

—¿Me habías visto? —pregunté mientras me acercaba a él.

—No. —Braima sonrió.

—¿Y cómo sabías que estaba aquí?

—Porque sé lo cabezón que eres y lo mucho que te gusta el fútbol, Ansu. Era imposible que hubieras vuelto a casa, así que no podías estar muy lejos —dijo Braima—. Ensa se ha hecho un esguince y no puede jugar. Nos falta uno. **¿Quieres entrar?**

—**¡¡¡Sííí!!!** —grité tan fuerte que estoy seguro de que me escuchó hasta mi familia desde casa.

Luego, solo recuerdo jugar, jugar y jugar. Tocar el balón, gambetear, pasar el balón, volver a gambetear, chutar a puerta una y otra vez. Braima y yo jugábamos como delanteros. Yo le pasaba la pelota a él y él marcaba, él me la pasaba a mí y yo marcaba. Nuestros rivales ni la olían. Y así partido tras partido. Si hubiéramos querido, no habríamos salido de la pista nunca. Aunque ganar nunca me había importado mucho, en aquel pabellón significaba seguir jugando... Y jugar...

Jugar era lo más divertido del mundo.

Dos horas más tarde, volvíamos a casa por el mismo camino que nos había llevado al polideportivo. Pero ya todo era diferente. No iba detrás de mi hermano y de mis primos, sino que caminaba junto a ellos. Iba con los mayores después de haber jugado un montón de partidos juntos.

—Oye, Braima —dijo Zacarías—. **Tú sabes que el enano este va a ser MEJOR que todos nosotros juntos, ¿no?**

—Pues claro que lo sé —contestó Braima, riéndose y tapándome las orejas—, pero no lo digas delante de él porque, como se lo crea, **¡va a ser aún más insoportable!**

CAPÍTULO 3
PAPÁ

No me acuerdo de cuánto tiempo había pasado exactamente desde que habíamos llegado a Herrera, a lo mejor tres semanas o un mes, pero sí recuerdo que era jueves. Braima y yo habíamos salido a jugar con los vecinos en el pequeño campo de tierra que había en el parque delante de casa. Era lo que hacíamos todas las tardes al salir del colegio.

—¡Pásamela, BRAIMA! ¡Aquí! —gritaba yo, que me había desmarcado y corría hacia la portería rival más solo que la una.

Braima regateó a uno de los rivales que se le echaba encima y, con un pase fuerte y preciso, colocó el balón a mis pies. Levanté la cabeza un instante y vi al portero bien situado, esperándome en la portería. Chuté con todas mis fuerzas y el balón, rápido, seco, ligeramente curvado por el efecto que le había dado, entró justo por la escuadra, más allá del alcance del portero.

—¡¡¡GoOoL!!!

—gritó parte del público.

Sí, público. Ya nos íbamos acostumbrando, aunque, al principio, tanto a Braima como a mí nos parecía muy raro que hubiera espectadores. A medida que habíamos comenzado a bajar a jugar al parque por las tardes, los padres de los otros niños y muchos vecinos de la zona se acercaban para ver los partidos. En realidad, venían a ver a jugar a **«Los Fati»**, como nos llamaban en el pueblo. Había que reconocer que nos habíamos convertido en **la atracción futbolística de Herrera**.

Celebré el gol abrazándome a mi hermano y fue entonces cuando lo vi. **¡Era mi padre!** Estaba entre el público, aplaudiendo mi gol con entusiasmo. Sonreía, parecía realmente feliz, pero había algo en su manera de mirarnos que no supe reconocer. **¿Sorpresa? ¿Orgullo? Nunca había visto esa mirada.**

Me extrañó que mi padre estuviera allí. No debían de ser más de las siete de la tarde y él siempre acababa de trabajar a las tantas. A veces ni siquiera le veíamos para cenar. Era curioso que aquel día hubiera llegado tan temprano. Aun así, Braima y yo seguimos jugando con normalidad. Bueno, casi con normalidad. Que nuestro padre estuviera viéndonos nos hacía darlo todo. **Jugamos aquel partido como si fuera la final de la Champions League.**

Si normalmente no nos costaba atravesar la defensa rival y marcar un montón de goles, aquella tarde fuimos increíbles. No había balón que no pasara por nuestras botas, no había balón que tocáramos que no acabara entre

los tres palos. Braima me buscaba constantemente y yo hacía lo mismo con él. Nuestro equipo marcó **diez goles** en menos de veinte minutos. Y nueve de ellos los marcaron los Fati.

Fue nuestro mejor partido en aquel campo.

Luego volvimos a casa con nuestro padre. En su rostro se dibujaba una sonrisa amplia y luminosa. Una sonrisa que no era habitual en él.

—**Jugáis muy bien** —dijo, y se quedó callado un momento, pensativo—. Pero que muy bien.
—Y luego ya no dijo nada más.

Al llegar a casa, nuestro padre nos mandó a los dos a nuestra habitación y se fue a la cocina, donde nuestra madre preparaba la cena. Cerró la puerta al entrar, y eso era una señal clara de que iba a tener lugar una **«conversación importante»** allí dentro. Una de esas «conversaciones importantes» que los niños no podíamos oír. Por supuesto, no teníamos ninguna intención de perdérnosla, así que, **muy sigilosamente, nos acercamos y pusimos la oreja contra la puerta** de la cocina.

—¡Bori! ¿Cómo es que hoy vienes tan pronto? —Casi pudimos escuchar el habitual y sonoro beso en los labios que mi madre siempre le soltaba a mi padre en cuanto este llegaba a casa.

—**¡Lurdes! ¡Lurdes!** —Mi padre por fin dejaba salir todo el asombro que se le había acumulado dentro—. ¿Por qué no me habías dicho que los niños juegan tan bien a fútbol?

—¡Cómo que no te lo había dicho! —se quejó mi madre, levantando la voz—. ¡Te he dicho mil veces que son muy buenos!

—No, perdona, perdona... Sí que me lo habías dicho. Pero... es que... es algo más. No es que sean buenos, es que... —Mi padre hizo una pausa, como si no se atreviera a pronunciar en voz alta lo que estaba a punto de decir—. **Creo que podrían ser profesionales, Lurdes.** No es que sean buenos, es que son excepcionales, casi como yo cuando era jugador —añadió mi padre entre risas.

—¿De verdad? ¿Lo dices en serio? —La sorpresa había contagiado la voz de nuestra madre.

—Hoy he salido antes solo para verlos jugar. **Todo el pueblo habla de ellos.** Que si los Fati son buenísimos, que si el mayor es buenísimo, que si el pequeño será incluso mejor. En los últimos dos días, no ha habido persona que no me lo haya comentado. Tenía que verlo con mis propios ojos y...

¡es increíble!

Mi hermano y yo nos miramos. Mi padre había jugado profesionalmente en Bisáu cuando era joven, así que sabía perfectamente de lo que hablaba. **Yo me sentía tan feliz** que estaba a punto de llorar y, al ver a mi hermano, no tuve ninguna duda de que a él le pasaba algo parecido, porque se le había puesto una cara muy rara, como si se estuviera comiendo una cebolla cruda y le estuviera gustando mucho el sabor.

Nuestro padre había estado tanto tiempo separado de nosotros para trabajar, traernos a España y darnos una buena vida que hasta aquel día no había visto lo bien que jugábamos al fútbol y lo mucho que nos gustaba.

Y parecía estar tan orgulloso de nosotros que casi no le salían ni las palabras.

—Este mismo sábado los llevo a la Escuela de Peloteros —sentenció mi padre.

—¡Síií! —gritamos Braima y yo, olvidándonos completamente de que estábamos escuchando a escondidas.

La puerta se abrió tan de repente que los dos caímos sobre el suelo de la cocina.

Mi padre nos miraba con dureza.

—**¿Lo habéis oído todo?** —preguntó.

—Eh, sí, bueno, es que... —reconoció mi hermano.

—Pues ya sabéis qué vamos a hacer el sábado por la mañana. ¡Venga, a vuestra habitación! Que no me entere yo de que no habéis hecho los deberes, porque, si no, no vais a tocar un balón en un mes.

Salimos corriendo hacia nuestro cuarto, riéndonos sin saber exactamente de qué. El sábado nos llevaban a la Escuela de Peloteros de Herrera.

¡El sábado nos llevaban a la Escuela de Peloteros de Herrera!

CAPÍTULO 4
PELOTEROS

Y finalmente llegó el sábado por la mañana. Sí, lo sé, entre el jueves por la noche y el sábado por la mañana apenas hay poco más de un día, pero a mí se me hizo larguísimo.

Desde nuestra llegada a Herrera, Braima y yo habíamos pedido una y otra vez ir a entrenar con el Peloteros, que era el equipo de la ciudad y uno de los más importantes de la región, pero mi padre nunca tenía tiempo para llevarnos. **Hasta aquel sábado por la mañana.**

Llegamos al campo mucho antes de que empezaran los entrenamientos. Mi padre nos dejó sentados en las gradas mientras iba a las oficinas. **El campo me pareció gigantesco**, era como aquellos campos de fútbol donde jugaban las grandes estrellas que veía por televisión.

Creo que Braima estaba igual de impresionado que yo, pero lo disimulaba mucho mejor.

—**Cierra la boca, enano, que te van a entrar bichos.**

—Es que es muy chulo —dije, sin lograr controlar mi entusiasmo—. ¿Y si bajamos a jugar al césped?

—Creo que no se puede. Además, papá ha dicho que esperemos aquí.

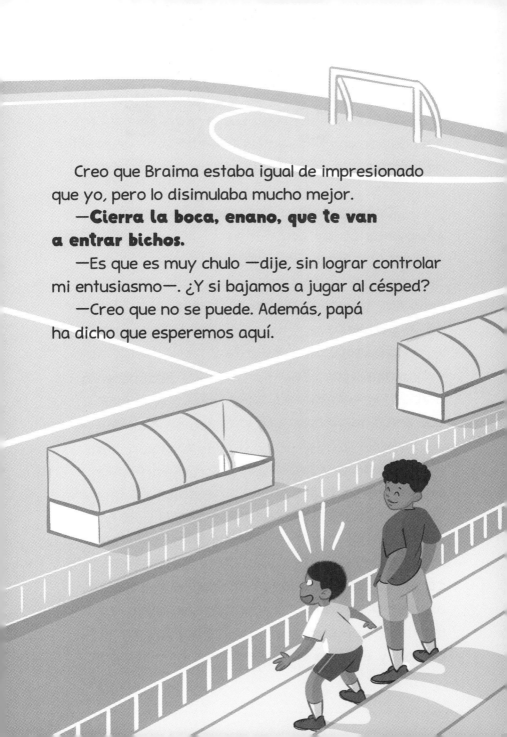

Y eso hicimos, esperar.

Poco a poco empezaron a aparecer otros chavales con sus padres. Ellos sí que salían al campo después de cambiarse y se divertían con un montón de balones que sacaban de unas enormes cestas metálicas.

—**¿Cuánto falta? Yo quiero jugar ya. ¿Podemos bajar ya?** —insistí.

Por suerte para Braima, que ya empezaba a perder la paciencia conmigo, mi padre llegó poco después. Iba acompañado de Ramón, el entrenador de los pequeños.

—Hola, chicos, ¿cómo estáis? —Ramón parecía muy simpático—. Ya lo he hablado todo con vuestro padre. Hoy entrenaréis con el equipo y, si vemos que se os da bien, os quedáis con nosotros. ¿Qué os parece?

—**¿Puedo ir a jugar ya?** —pregunté, aunque en realidad ya había empezado a bajar las gradas.

—¡Claro! —dijo Ramón entre risas.

Me fastidió un poco tener que separarme de mi hermano. No sabía que fueran tan estrictos con el tema de las edades. Braima se fue con los alevines y yo con los prebenjamines. Había un montón de pequeños grupos repartidos por el campo, y eso que solo estábamos los pequeños porque aquella mañana los mayores tenían partido en otro pueblo.

Apenas había conseguido darle dos toques al balón cuando apareció Ramón y nos puso a correr a todos alrededor del campo. A mí no me hizo ninguna gracia. ¿Para qué había tantos balones si al final no jugábamos con ellos?

—Hola, eres nuevo, ¿no? —preguntó un chico bastante alto con una gorra que casi le tapaba los ojos—. Yo me llamo **Carlos**, soy **el portero titular**.

Tú eres el pequeño de los Fati, ¿no? Todo el mundo habla de vosotros.

Dije que sí con la cabeza, pero me quedé callado. Me sentía un poco cortado, pero eso no evitó que Carlos siguiera hablando y me presentara a otros niños del equipo.

—Este es **Tai** —dijo Carlos señalando con la cabeza a un chico más alto y corpulento que él—. **Nuestro mejor defensa.** Aunque sería aún mejor si no tuviera miedo de entrarles a los contrarios.

—¡Eh! —se quejó Tai—. No es verdad, pero es que no me gusta hacerle daño a nadie. No hay nada malo en ir con un poco de cuidado.

—¡Y yo soy **Marta**! **Centrocampista**, pero me gusta mucho ir al ataque. Tú eres delantero, ¿no? Vas a flipar con mis pases, ya verás.

—Yo soy Ansu —dije finalmente—. Una pregunta, ¿vamos a estar todo el entrenamiento corriendo y dando vueltas alrededor del campo?

Por suerte, la respuesta era que no. Tras cinco minutos de carrera y unos pocos ejercicios de control con balón, llegó lo que más esperaba: el partido.

—Chicos, acercaos —dijo el entrenador—. Vamos a jugar un poco, los equipos de siempre. Pero habrá que decidir...

—**¡Ansu juega con nosotros, Ramón!**
—interrumpió Marta—. Nos ha dicho mientras corríamos que su color favorito es el azul, y, claro, nosotros siempre llevamos el peto azul.

—De acuerdo —concedió Ramón mientras empezaba a repartir los petos—. Venga, azules arriba y rojos abajo.

¡EMPEZAMOS!

Aquello no era tan fácil como jugar en la calle. En la primera jugada en que toqué el balón, logré regatear a dos defensas y tirar a puerta, pero a partir de ese momento los rojos centraron sus esfuerzos en marcarme y siempre tenía a dos defensas encima. En cuanto Marta o cualquier otro jugador intentaban pasarme el balón, los rojos se adelantaban y lo interceptaban.

—**Cuando vengan a por mí, ve a buscar la portería** —me dijo Marta—. No esperes el balón, ve al sitio donde no haya defensas y yo me encargo de que te llegue.

No acabé de entender lo que quería decir hasta que en la siguiente jugada vi que Marta no pasaba el balón a los delanteros, sino que regateaba al jugador que tenía enfrente y lo dejaba atrás con velocidad.

A partir de entonces, el partido se nos puso de cara. **Logré marcar dos goles** y dar un montón de pases, que Marta y Joaquín, el otro delantero, aprovecharon para marcar. Jugar en el Peloteros era mucho más difícil que jugar en la calle o en el pabellón, pero también era mucho más divertido.

—¡Chicos! ¡A las duchas! —ordenó el entrenador, dando por acabado el entrenamiento—. ¡Ansu, te esperamos el martes!

Todos se echaron encima de mí para felicitarme. Con aquella frase tan sencilla, y en una sola mañana, ya era miembro del equipo de Peloteros de Herrera.

—**¡Felicidades, Ansu!** —dijo Tai—. Oye, Marta, Carlos y yo hemos quedado esta tarde, ¿te vienes?

—Sí, claro —respondí—. ¿Vais a jugar al fútbol?

—No creo —dijo Carlos—. Jugaremos a la consola o daremos una vuelta en bici... No sé. Te vienes, ¿no?

—Claro que sí —afirmé.

CAPÍTULO 5
EMEL

Pasaron las semanas, y **Marta, Carlos, Tai y yo nos hicimos inseparables**.

No solo íbamos al mismo colegio, también nos veíamos todas las tardes de entreno y, cuando no había entrenamiento, nos las ingeniábamos para quedar con cualquier excusa. Además, siempre que podía, y me dejaban, me escapaba con mi hermano y mis primos para jugar en el polideportivo. Sin embargo, como a Braima también le habían cogido en el equipo y entrenaba por las tardes, cada vez era más difícil coincidir con él. **Había hecho mi propia pandilla de amigos y jugaba al fútbol todos los días.** Estaba encantado con mi nueva vida en Herrera.

Lo único que me molestaba era que aún no había podido jugar mi primer partido con el Peloteros. Los primeros dos fines de semana, Ramón decidió que aún era muy pronto para jugar porque apenas había entrenado y, cuando por fin me dijo que jugaría, cogí un resfriado fortísimo y estuve en cama todo el fin de semana.

—**Ansu, ten un poco de paciencia** —me decía Djucu, mi hermana mayor—. Luego vas a jugar todos los fines de semana. Ya verás.

Además, aún me quedaban muchas sorpresas por descubrir. Todavía no conocía a Emel, por ejemplo. Oí hablar de él por primera vez una tarde en la que no había quedado con la pandilla. Habíamos decidido no salir para acabar un montón de ejercicios que nos había puesto la profe de mates. Por eso me sorprendí tanto cuando

los vi aparecer a todos con sus bicis frente a mi casa.

—¡Hola! —dije mientras abría la ventana—. Pero ¿qué hacéis aquí? Si hemos dicho que no íbamos a quedar.

—¡Cambio de planes! —dijo Carlos mientras apoyaba la bici en el muro de la casa—. **¡Nos hemos enterado de algo! ¡Tenemos que ir a casa de Joaquín! ¡Rápido, baja!**

No acabé de entender lo que pasaba, pero, por la excitación de mis amigos, comprendí que era algo lo bastante emocionante como para dejar los ejercicios de mates para más tarde. Bajé corriendo las escaleras hasta el comedor. Como imaginaba, mi madre y Djucu estaban viendo su serie favorita, una de aquellas telenovelas latinoamericanas que ponían a todas horas en la tele. Se llamaba *Una familia con suerte*, y la veían para mejorar su español.

—Mamá, ¿puedo salir con Carlos, Marta y Tai?

—**¿Has acabado los deberes?** —preguntó Djucu.

—Casi —mentí—. Pero los acabaré luego. —Eso sí que era verdad.

—Vale, pero vuelve antes de la cena —sentenció mi madre.

Salí corriendo e instantes después ya estaba encima de la bici, pedaleando a toda prisa junto a mis amigos.

—¿Y por qué hay que ir a casa de Joaquín? —pregunté—. ¿Ha pasado algo?

—Bueno, es que está de visita Marco, el primo de Joaquín, el de Villanueva —me explicó Tai—, y se ve que está contándole a todo el mundo que **el Deportivo de Villanueva tiene un nuevo jugador**. ¡Y se supone que es buenísimo! ¡Todo un crac!

—¡Y queremos que nos lo cuente todo! —remató Carlos.

—Pero tú no te preocupes —dijo Marta—. Estoy segura de que no es mejor que tú. **¡Es que es imposible que sea mejor que tú!**

Llegamos a casa de Joaquín y dejamos las bicis dentro de la portería. Vivía en una de las torres del centro, junto al instituto. Su madre, aunque sorprendida, nos dejó entrar para que pudiéramos hablar con él y con su primo. Y también nos llevó un vaso de leche y un plato gigantesco de galletas.

—**Vamos, Marco, ¡cuéntalo!** —Carlos no era la persona más paciente del mundo—. ¿Qué es toda esa historia sobre ese jugador tan bueno que tiene el Villanueva?

—Ha llegado hace un par de semanas. Viene de Finlandia. —Marco estaba encantado de ser el centro de atención—. **Se llama Emel** y os juro que es el mejor jugador que he visto en la vida. Un día será profesional, seguro. Jugará en el Real Madrid o en el Barça, ya veréis.

Aunque nos pasamos más de media hora hablando con él, la verdad es que no supo decirnos mucho más. Todo el mundo en Villanueva estaba convencido de que era **el mejor jugador de la historia**. Era delantero centro, eso estaba claro, pero casi nadie lo había visto jugar aún, así que no se sabía cuáles eran sus puntos fuertes.

Cuando volvimos a casa ya había anochecido. Pedaleábamos casi en silencio.

—Seguro que no es tan bueno como dicen —dijo Tai.

—Ya os digo yo que **no es mejor que Ansu** —replicó Marta.

Y aunque eso era lo que decían mis amigos, podía ver en sus caras que **estaban preocupados**. El Deportivo de Villanueva era el gran rival del Peloteros y aquella temporada estábamos prácticamente empatados en lo alto de la clasificación. Era lógico que les preocupara que tuvieran un nuevo jugador tan bueno.

Un jugador así marca la diferencia entre el primer y el segundo puesto de la liga.

Pero a mí me pasaba todo lo contrario. Estaba encantado. No podía esperar a plantarme cara a cara con él. Siempre me han gustado los retos y enfrentarme a los jugadores que son mejores que yo. Por eso me gustaba jugar con Braima y mis primos. Ellos nunca me lo ponían fácil. Y, desde luego, aquel **Emel parecía que iba a convertirse en un reto de primera.**

CAPÍTULO 6
EL PRIMER PARTIDO

Finalmente llegó el gran día, **mi primer partido** con el equipo de Peloteros. La verdad es que estaba un poco nervioso. Y no era para menos. Por primera vez, **había ido a verme mi familia al completo**. Durante los primeros minutos del partido no podía evitar mirar hacia el público cada diez segundos. Braima y Djucu no hacían demasiado caso a lo que pasaba en el terreno de juego y bromeaban, discutían y se reían como hacían siempre, pero mi padre y mi madre no me quitaban ojo de encima. Se cogían de las manos y miraban al campo con tal cara de ilusión que parecían niños en la cabalgata de los Reyes Magos.

—¡ANSU!

¡DESMÁRCATE, JOPÉ!

—me gritó Carlos mientras sacaba largo desde la portería.

Me había quedado embobado mirando a mis padres, eso era cierto. Así que me puse a correr hacia la portería contraria esperando tener más suerte aquella vez. El Racing de San Andrés nos estaba poniendo las cosas difíciles. Nos presionaban muy cerca de nuestra portería, así que era casi **imposible sacar el balón** en condiciones desde la defensa. Además, yo había recibido instrucciones muy estrictas de quedarme arriba para montar un contraataque y no podía bajar a buscar juego.

Llevaba un buen rato sin tocar la pelota.
Salté todo lo que pude para intentar controlar el balón que me había pasado Carlos, pero el defensa del San Andrés saltó más que yo y se lo pasó con la cabeza a uno de sus compañeros. **Así no íbamos a conseguir marcar nunca.** Yo jugaba muy bien al fútbol, pero, desde luego, no era ni el más alto ni el que más saltaba en aquel terreno de juego. Además, estaba más solo que un espantapájaros allí arriba, desconectado del resto de mis compañeros.

Aguanté diez minutos más siguiendo las instrucciones de Ramón hasta que no pude más. Apenas me llegaban balones y yo no hacía más que mirar hacia mi familia. No sé si me lo estaba imaginando, pero cada vez que levantaba la mirada, **veía más tristes a mis padres**. Decidí no hacer caso al entrenador y bajé hasta la misma línea de defensa.

—**¡TAI!** ¡Pásamela!
—grité al llegar a su altura.

Tai me miró durante un instante con cara de «eso no es lo que ha dicho Ramón», pero no dudó ni un instante en hacerme el pase. En cuanto recibí el balón, dos de los delanteros del San Andrés se echaron encima de mí. **Sonreí.** Por primera vez en todo el partido tenía el balón controlado y a mis pies. Tenía muy claro que mis padres no se iban a ir decepcionados de aquel partido.

Superé a los dos delanteros con facilidad y me encontré con medio campo vacío ante mí. El resto del equipo contrario estaba cubriendo a mis compañeros, así que tenía mucho espacio por delante para correr. Pasada la línea de medio campo, las cosas empezaron a complicarse. Uno de los centrocampistas se lanzó a mis pies para quitarme el balón, pero lo superé levantando la pelota y saltando sobre él. Me quité de encima también a otro centrocampista y **seguí corriendo hacia la portería**. Todo había sucedido tan rápido que mis compañeros no habían logrado reaccionar y nadie me acompañaba. Me permití levantar la vista un instante para mirar a mis padres. Se habían puesto en pie y gritaban entusiasmados. Y a partir de ahí, la verdad es que mis recuerdos se vuelven muy confusos.

Recuerdo **gambetear y gambetear**. A uno, dos, tres... A un montón de jugadores contrarios. Recuerdo también verme rodeado de rivales, que eran incapaces de quitarme el balón. Y recuerdo también al portero, que se lanzaba al suelo para intentar detenerme sin éxito. Pero recuerdo sobre todo ser muy feliz. Me lo estaba pasando tan bien que no quería que aquello acabara nunca.

De repente, levanté la vista y observé lo que estaba pasando. Me había entusiasmado tanto jugando que se me había olvidado que el objetivo del juego era meter el balón en la portería. Entonces me di cuenta de que había regateado a todo el equipo contrario, incluido al portero, y de que había retrocedido hasta el medio campo entre **regates y más regates.**

Mis compañeros no entendían nada de nada, el público tampoco. Y yo solo sabía que estaba lejos de la portería rival y rodeado de jugadores del San Andrés.

En ese momento vi que el portero estaba muy adelantado. Demasiado. Aquello tenía fácil solución. Salí del lío de jugadores contrarios con dos hábiles regates, recorrí el par de metros que necesitaba para preparar el disparo y lancé una **vaselina perfecta**, que pasó por encima del portero y se clavó en la red.

—**¡¡¡GOoOL!!!**
—gritaron todos.

Mis compañeros se me echaron encima para abrazarme. Pero entre los abrazos, de repente, noté un coscorrón.

—**¡Eh, tú, crac!** ¿Se te ha olvidado que el objetivo es ganar o qué? —me dijo Marta entre risas.

—Bueno... —Miré al suelo un poco avergonzado—. **Es que me lo estaba pasando tan bien...**

El partido continuó y marqué dos goles más. **El resultado fue 5-1 para el Peloteros.** Creí que, como habíamos ganado, todos se olvidarían de aquel pequeño despiste. Pero no.

Para mí, para mi familia y para todos los que lo vieron, sigue siendo el «partido en el que Ansu se olvidó de que en el fútbol hay que marcar goles».

CAPÍTULO 7
EN VILLANUEVA

—¿Seguro que saldrá bien?

—Tai parecía preocupado—. Es que no lo veo muy claro, chicos.

Carlos, Marta, Tai y yo ya nos habíamos plantado en la parada del autobús de las afueras de Herrera. Nos habíamos escondido un poco por si pasaba algún coche con alguien que pudiera reconocernos y avisaba a nuestros padres de que estábamos allí. La verdad es que yo estaba un poco preocupado con aquel plan tan precipitado.

—Que sí, que sí —dijo Carlos con mucha seguridad—. No tengo ninguna duda de que el plan de Marta es perfecto. Cogemos el autobús que sale de Herrera a las 17.15, llegamos a Villanueva media hora después, localizamos el pabellón y vamos hacia allí, vemos el entrenamiento con total naturalidad y nos volvemos en el autobús de las 18.45. Estaremos en casa a las siete y ya veréis que nadie se habrá dado cuenta de nada.

—Sí, cuando vamos en bici por el monte siempre volvemos a casa a las ocho—añadió Marta—. **Así que llegaremos antes y todo.**

Pocos minutos después, el autobús ya estaba allí. Subimos intentando no llamar la atención más de lo necesario y llegamos a Villanueva sin más problemas. Como no habíamos estado nunca en aquella ciudad, creíamos que encontrar el estadio de fútbol sería más difícil, pero lo cierto es que lo vimos desde el mismo autobús.

—Allí está la puerta —señaló Marta—. Recordad, entramos como si viniéramos a entrenar, como si lo hiciéramos todos los días.

Al llegar a las gradas, nos dimos cuenta de que había un grupo de cinco o seis chavales de nuestra edad y decidimos sentarnos junto a ellos.

—¡Hola! —dijo una de las chicas—. Vosotros no sois de por aquí, ¿no?

—Qué va —respondió Carlos, que siempre era el más sociable—. Somos de Herrera. Venimos a ver cómo juega Emel, nos han dicho que es buenísimo.

—**Es el mejor jugador del mundo** —dijo la chica con entusiasmo—. Va a ser profesional. Seguro que acaba jugando en el Real Madrid.

Como los jugadores del Villanueva aún no habían salido a entrenar, seguimos preguntando un poco más y nos enteramos de bastantes cosas. Emel había llegado hacía pocos meses al pueblo y era finlandés. Aunque en realidad era sami.

Yo nunca había oído hablar de los samis y Finlandia está muy, pero que muy lejos de Guinea-Bisáu. Bueno, y de Herrera también.

La conversación quedó interrumpida cuando los jugadores salieron al césped.

—¡**Mirad! ¡Es ese de ahí!** —nos señaló la chica—. El que es superalto.

Todos miramos. **Sí que era alto, sí. Y fuerte.** Desde la distancia parecía tener dos o tres años más que nosotros, cosa que era imposible porque sabíamos que jugaba en nuestra categoría. Tenía el pelo largo, hasta los hombros, y la piel muy morena. Mientras salía, iba charlando y riéndose con uno de los compañeros. **Parecía un tío muy simpático.**

Tuvimos que esperar hasta que jugaron el partidillo para verlo en acción. Era un delantero centro muy tradicional, de los que reciben los pases y chutan a la menor ocasión. A pesar de su altura y tamaño, **era rápido y ágil**. La verdad es que era bueno. Muy pero que muy bueno. En cuanto vi cómo tocaba el balón, tuve unas ganas inmensas de jugar contra él.

—¿Qué? ¿Es o no es el mejor jugador del mundo? —nos preguntó la chica, que le miraba embobada—. Os vamos a dar una paliza cuando nos enfrentemos. Vais a alucinar.

—¡Ja! ¡No te lo crees ni tú! —Mucho había aguantado Marta sin intervenir—. **Ansu Fati es mucho mejor.** Os vamos a marcar ocho o nueve goles antes de que sepáis lo que está pasando.

Yo no dije nada, pero veía que la discusión empezaba a ser cada vez más intensa. Por suerte, el entrenamiento se estaba acabando y Tai no había dejado de mirar su reloj.

—¡Vámonos! ¡Que perdemos el autobús! —gritó Tai mientras tiraba del brazo de Marta.

Tras algunas quejas de Marta, conseguimos salir corriendo del estadio. Llegamos al autobús por los pelos, justo cuando salía.

—Ansu, te veo muy contento —dijo Carlos, que se había sentado a mi lado.
—¿Has visto lo bueno que es Emel? —respondí—.
¡El partido contra el Villanueva va a ser un partidazo!

CAPÍTULO 8
LA TARDE ANTES DEL PARTIDO

El mes que quedaba para el partido contra el Villanueva se pasó en un suspiro. **Nuestro equipo, el Peloteros, ganó todos los partidos** que quedaban hasta el gran encuentro, pero también lo hicieron ellos. Así que las cosas no cambiaron; el Villanueva seguía primero en la clasificación, pero con tan solo un punto de ventaja.

Además, tras ese partido decisivo, apenas quedarían un par de encuentros más antes del final de la liga.

Teníamos que ganar sí o sí.

Si empatábamos o perdíamos y no conseguíamos los tres puntos, no seríamos campeones.

Así que el entrenamiento del día antes de la **«gran final»**, como la llamábamos todos, fue cualquier cosa menos tranquilo. Estábamos casi acabando, jugando el partidillo, cuando Carlos y Tai, que llevaban el peto del mismo color, chocaron al defender un córner.

—Pero ¡apártate cuando salgo! —le gritó Carlos a Tai desde el suelo—. **¡Qué cabeza tan dura tienes!**

—Si avisas cuando vas a salir, todo es más fácil. —Tai ya se levantaba, mientras se masajeaba la frente—. Tendré la cabeza dura, pero no tengo ojos en el cogote.

—**Pero ¡si te he avisado!** —Carlos, enfadado, se encaró con Tai—. ¿Estás sordo o qué te pasa?

—**¡No me has avisado!** —replicó Tai, que también empezaba a alterarse.

Menos mal que tanto Marta como yo estábamos cerca de ellos y pudimos ponernos en medio antes de que la cosa fuera a peor. Nunca habíamos discutido entre nosotros, pero **todos estábamos tan nerviosos** que incluso se me pasó por la cabeza que llegaran a pegarse. Además, el entrenador se había marchado unos minutos, así que había que solucionar aquel lío antes de que volviera, porque si se enteraba de lo que estaba pasando era capaz de dejarlos sin jugar.

Afortunadamente, los dos se tranquilizaron muy rápido y, en cuanto vi que se daban un abrazo,

salí corriendo hacia el vestuario a por hielo. El golpe había sido importante y, si no hacíamos algo, **el chichón les iba a hacer parecer unicornios** en pocos minutos.

En cuanto entré en el edificio principal, **escuché unas voces** y dejé de correr. De hecho, empecé a moverme en silencio, porque las voces hablaban flojito, casi cuchicheando, y eso me pareció bastante **misterioso**. Salían de uno de los despachos, que tenía la puerta medio abierta. Sé que está mal lo que hice, pero es que a mí la curiosidad me puede siempre.

—¿Estás seguro? —Era la voz de Ramón.

—Me lo acaba de confirmar el Barça por teléfono. —No supe identificar la otra voz, aunque supuse que era de otro de los entrenadores—. **Vendrá uno de sus mejores ojeadores.** Yo creo que viene por Ansu o por Emel, el jugador del Villanueva.

—Vaya, **Ansu es realmente excepcional.** Seguro que lo escogen —dijo Ramón.

—Eso espero —respondió el otro entrenador—, pero yo he visto jugar a Emel y te aseguro que también es muy bueno.

—No te preocupes —respondió Ramón—. Escogerán a Ansu. Estoy seguro.

En ese momento escuché movimiento en el interior y salí corriendo hacia el campo a toda velocidad. No podía creerme lo que había oído. **¡Iba a venir un ojeador del Barça! ¡Y Ramón creía que me escogería a mí!**

Cuando llegué de nuevo al campo, todos se quedaron mirándome muy extrañados.

—¿Y el hielo? —preguntó Tai tocándose el chichón.

—Eh... Sí... El hielo... Se ha acabado —mentí, nervioso—. Marta, Carlos, Tai, ¿podéis venir un momento? Os quiero hablar de una cosa.

En cuanto nos alejamos un poco del resto de los jugadores, les conté todo lo que acababa de escuchar.

—**¡Genial!** —gritó Marta, que era muy del Barça—. ¡Siempre supe que acabarías allí! **¡Te lo pasarás genial en La Masia!**

—¡Me alegro un montón, Ansu! —dijo Carlos, abrazándome—. Seguro que te eligen.

—Eh... —Tai dudaba y miraba al suelo, como cuando tenía que decir algo que le apetecía decir.

Todos nos lo quedamos mirando, esperando a que acabara la frase.

—Es que..., bueno..., mi padre... Mi padre siempre dice que los ojeadores solo se fijan en los jugadores del equipo que gana el partido —dijo mirándome directamente—, que hay grandes jugadores que pasaron desapercibidos porque jugaban en el equipo equivocado.

Todos nos miramos. El padre de Tai había trabajado en el Sevilla durante muchos años, en el departamento de Gestión Deportiva. Y teníamos claro que sabía muchísimo de fútbol.

—¿Y eso qué importa? **¡Mañana vamos a ganar!** Primero, porque sí, porque el Peloteros siempre gana. Y segundo, por Ansu —dijo Marta extendiendo la mano—. **¡Para que pueda jugar en el Barça!**

—Y para que nos invite a los partidos —respondió Carlos, apoyando su mano sobre la de Marta.

—**¡Sí, vamos a ganar!** —respondió Tai, apoyando su mano sobre las de sus amigos.

Todos me miraban. Creo que sonreí, aunque no estoy seguro. Solo sé que en aquel momento me di cuenta de que nunca tendría mejores amigos que aquellos.

—**¡Y nos lo vamos a pasar genial!** —dije finalmente, apoyando mi mano sobre las suyas.

Lanzamos las manos al aire entre gritos y risas. **Estábamos preparados para el partido más importante de nuestras vidas.**

CAPÍTULO 9
LA PRIMERA GRAN FINAL

Por fin llegó el día del partido contra el Villanueva. No recuerdo prácticamente nada de las horas previas, tan solo que estaba allí, en medio del césped, a punto de hacer el saque inicial.

Nunca había visto el estadio tan lleno.

Entre el público estaban mi familia al completo, los padres de mis amigos, toda la afición del Herrera y, por supuesto, **el misterioso ojeador del Barça**, al que no habíamos logrado reconocer. Marta apostaba por un hombre alto con un gran bigote; Tai, por un chico joven muy bien vestido. En realidad, no teníamos ni idea de quién podía ser, y en ese momento yo ya me había olvidado

totalmente de aquello. El árbitro tocó el silbato, saqué hacia Marta y corrí hacia la portería rival buscando el primer desmarque. **El partido había empezado.**

La primera parte fue un **completo desastre**. Tai se lesionó a los pocos minutos de empezar y tuvimos que sustituirlo por Pedro, que no era tan buen defensa como él y, además, nunca había visto jugar a Emel. En la siguiente jugada le dejó demasiado espacio y el finlandés logró realizar **un disparo lejano pero potentísimo** que superó a Carlos con facilidad.

Todo el equipo se puso nerviosísimo, y más los defensas, que se dieron cuenta por primera vez de lo bueno que era aquel nuevo jugador. **Yo sonreía.** Era un placer ver en acción a un jugadorazo como Emel.

Nos metieron el segundo y el tercer gol antes de que pudiéramos reaccionar. Por supuesto, fue Emel de nuevo. Poco a poco, logramos sobreponernos y comenzamos a controlar el centro del campo. Marta vio uno de mis desmarques y me colocó el balón justo donde a mí me gustaba. Regateé al único defensa que reaccionó a tiempo para intentar pararme y **superé al portero** con un chute imparable.

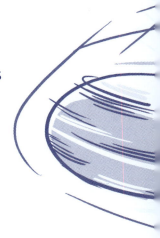

Al llegar al descanso, el entrenador intentó darnos ánimos, pero las caras de nuestros compañeros lo decían todo. **Estábamos hundidos.**

—Tai es el único que puede parar a Emel —se lamentó Pedro—. Es muy fuerte para mí.

—¿Y si nos olvidamos de Emel? —propuse.
Todos se me quedaron mirando como si me hubiera vuelto loco—. Lo que quiero decir es que nosotros jugamos muy bien al fútbol. **¿Y si nos olvidamos de él y jugamos como sabemos?** Si perdemos, perdemos, pero al menos nos lo habremos pasado bien.

Marta me miró durante unos segundos y sonrió. Esa sonrisa suya de: **«Se me ha ocurrido un plan»**.

—¡Eso es, Ansu! —exclamó Marta—. Nos olvidamos de Emel, todos al ataque. Tú, Ansu, corre como un demonio, desmárcate por todos lados, llévate a la defensa a pasear por ahí. **¡Chicos! Todos los balones a Joaquín.** A ellos les pasa lo mismo que a nosotros. Están obsesionados con Ansu. Es más fácil que marque un gol Joaquín.

—Pero se acabarán dando cuenta —se quejó Joaquín.

—Exactamente —respondió Marta—. Y cuando decidan que tú eres el gran peligro... Dejarán de vigilar a Ansu. Y entonces sí que tendrán un buen problema.

Cuando salimos al campo, **nuestro ánimo había cambiado**. Marta nos había dado un plan y creo que yo les había contagiado un poco mis ganas de jugar al fútbol. **Todo empezó a ir bien enseguida.** Marta se hizo con un balón en el centro del campo y gritó mi nombre.

—¡Ansu!

Corrí por la banda izquierda, como si el pase de Marta fuera a acabar a mis pies. Dos defensas se abalanzaron sobre mí. Cuando paré de correr y sonreí, no parecían entender nada.

—¡¡¡GOoOL!!!

—gritó nuestra afición.

Joaquín, sin nadie que le marcara, acababa de superar al portero rival con una elegante vaselina.

Empezaba la remontada.

Tardaron otro gol de Joaquín en darse cuenta de lo que estaba pasando.

3-3

A partir de ese momento, intentaron marcarnos tanto a Joaquín como a mí, aunque eso era justamente lo que queríamos. Emel, por su parte, con todo nuestro equipo al ataque, tuvo muchísimas oportunidades, aunque Carlos logró pararlas casi todas.

Marcó Emel, marcamos nosotros, volvió a marcar Emel, también lo hicimos nosotros.

5-5

El partido estaba empatado, aunque nosotros disponíamos de más oportunidades y, sobre todo, estábamos jugando mucho mejor. Pero fue entonces cuando **llegó el desastre**.

Marta se lesionó en una mala caída. Y Ramón ya había hecho todos los cambios. Quedaban tan solo cinco minutos de partido, así que íbamos a tener que jugar con un jugador menos.

—Ansu —me dijo Marta mientras salía cojeando del campo—, nos van a encerrar en nuestro campo. Es imposible evitarlo. Hemos intentado ayudarte, pero **ahora estás solo**.

Me quedé mirándola unos instantes mientras salía del terreno de juego. Tenía razón. Pero no podía pedirles más a mis amigos. Además, Carlos aún estaba en la portería y no permitiría que le marcasen un gol en aquellos cinco minutos.

Cuando se reanudó el juego, tal y como había previsto Marta, los del Villanueva **nos arrinconaron en nuestra área**. Quedaban dos minutos de partido. Había que salir de allí. Carlos también lo entendió y sacó con un tremendo patadón hacia mi posición. **Logré bajar el balón al césped con facilidad.** El equipo entero del Villanueva se echó encima de mí. Cerré los ojos un instante y recordé aquel primer partido con el Peloteros. Cuando me olvidé de marcar gol y regateaba a todos los jugadores porque solo quería seguir jugando. **Eso era lo que tenía que hacer.**

No dio tiempo a más. Entre los abrazos y el saque posterior, el árbitro pitó el final.

¡Habíamos ganado!

Logré escaparme de las felicitaciones un momento para ir a buscar a Emel. Caminaba con paso triste hacia los vestuarios, pero cuando me vio, sonrió y me ofreció la mano.

—Tío —me dijo—, eres el mejor jugador que he visto nunca.

—No puede ser —respondí—, porque tú eres el mejor jugador que he visto nunca.

Los dos nos reímos, conscientes de que, quizá, los dos tuviéramos razón. Estábamos a punto de intercambiarnos las camisetas cuando Carlos se acercó gritando.

—¡Ansu! ¡Ansu! ¡Mira! —dijo mientras señalaba nuestro banquillo.

Allí estaban Ramón y el entrenador del Villanueva.

Los dos hablaban con aquel tipo alto con bigote. Marta tenía razón. ¡Él era el ojeador del Barça! No nos dio tiempo a comentar nada porque los dos entrenadores, casi a la vez, pidieron que nos acercáramos.

—Hola —dijo el hombre del bigote—, me llamo Arnau y trabajo para el F. C. Barcelona. Quiero hablar con vosotros.

—**¿Con los dos?** —preguntó Emel sorprendido.

—Con los dos —afirmó Arnau—. En La Masia siempre tenemos sitio para jugadores tan buenos como vosotros.

No me dio tiempo a responder. Por las gradas ya bajaba toda mi familia. Braima y Djucu los primeros, corriendo.

—**¡Enano! ¡Qué partidazo!** —dijo Braima abrazándome—. ¿Ese es el ojeador del Barça? ¿Te vas a La Masia? **¡¿Te vas a La Masia?!**

Tampoco le respondí. Tan solo tenía ojos para mis padres, que se habían quedado un poco rezagados. **Estaban cogidos por la cintura y me miraban con los ojos llorosos.** No dijeron nada. Tampoco hacía ninguna falta.

EPÍLOGO

—Y así fue como llegué a La Masia —dice Ansu.

Las dos chicas lo miran embobadas. Aunque están agotadas de seguir corriendo por el bosque, la historia del jugador del Barça las ha cautivado por completo.

—Pero Emel ya no juega en el Barça —dice Tere—, lo ha fichado el...

—Sí —responde Ansu—. Ahora volvemos a ser rivales. Después de muchos años de jugar juntos, claro. **En La Masia formamos una delantera terrible.**

—Pero... —Chaima parece darle vueltas a la historia—. Tuviste que dejar Herrera, ¿no? **¿Y Marta? ¿Y Carlos? ¿Y Tai? ¿Qué pasó con ellos?**

—Se quedaron allí —responde Ansu, de repente con un punto de tristeza en la voz—. Ser jugador profesional es genial, pero a veces también hay que **hacer sacrificios**.

Los tres siguen corriendo en silencio. Las dos chicas miran al suelo, pensativas.

—**¿Y aún te ves con ellos?** ¿O habéis perdido el contacto? —pregunta Chaima.

—**Lo siento, chicas** —responde Ansu mirando su reloj—, pero me he entretenido mucho; si no me doy prisa, no llegaré al entrenamiento. Os contesto el próximo día.

Ansu acelera el ritmo. Las chicas, incapaces de correr a la velocidad del jugador, se detienen, exhaustas.

—¿El próximo día? —grita Tere—. **¿Podemos venir a verte otro día?**

—¡Claro! Ya sabéis por dónde corro, ¿no?

Ansu avanza por el bosque hasta dejar atrás a las chicas. Acelera de nuevo. Realmente ha perdido mucho tiempo corriendo al trote y, si no quiere llegar tarde, tiene que esprintar. El teléfono móvil comienza a vibrar en su brazo.

—**¡Carlos!** —dice Ansu usando el manos libres—. ¿Cómo va todo? Nos vemos este sábado, ¿no? También he pillado entradas para Marta y Tai. Es el Barça-Real Madrid.

¡Va a ser un partidazo!

¿YA TIENES LA SERIE COMPLETA DE ANSU FATI?

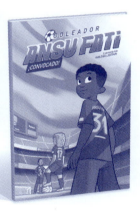

¡No te pierdas ninguna de sus aventuras!